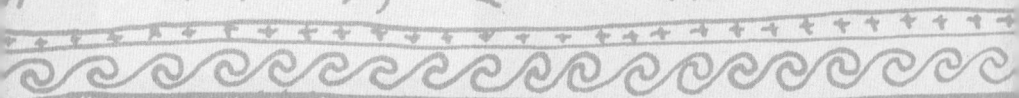

海猫的旅程

9

金色的浪，银色的风

〔日〕竹下文子◎著　　〔日〕铃木守◎绘

王俊天◎译

北京科学技术出版社

100 层童书馆

北比目群岛

断层空间带

奏笛岛　　　　铃岛

塞托海

珍珠岛

绮罗海

新月岛

七岛　　　　贝壳岛

苍鹭岛

翡翠岛　　　　海猫岛

海星岛

燕岛

阿贝的灯塔

新灯塔

雨伞诸岛

南羽岛

目 录

珊瑚郎
海猫岛的水手

登场人物

国王
生活在海星岛的老人

岸吉
研究鸟类的学者

希娜
珍珠岛的白猫

朗姆
奏笛岛的商人

金色的浪，
银色的风

翠色的小鸟

暴风雨逼近了。

海风越刮越猛，还裹挟着温热潮湿的雨滴，白色的浪花布满了整个海面。

我看了眼气压表，回头打开自动驾驶罗盘的开关，绿蓝两色线条勾勒出的航海图随即出现在屏幕上。我试图寻找距离这里最近的港口——在翡翠岛啊，那里距此还有好长一段路程呢。

我稍微提高了船速。海浪太高了，马林号目前的速度已是极限了。

"别慌，冷静点儿。"

这话一半是冲马林号说的，一半是对自己说的。海风从四面八方呼啸而来，狠狠地撞在桅杆上，发出瘆人的声响。

这是我第一次来到新月岛的西南海域。

这次，我和往常一样把珊瑚店大叔委托我运送的货物卸到沙罗港之后，没有直接返回海猫岛，而是朝西南方前进。改变航线倒没什么特别的理由，或者可以说，我就是喜欢这种任性的旅行——没有计划，也不是为了去见谁，途经某座岛时可以上岸看看，也可以继续前行，路线完全是随机的。我可以在喜欢的地方停船垂钓，消磨时光。

离开新月岛时，有几个水手叮嘱我要小心春日的暴雨。这个季节的西南海域气候多变，对此我略有耳闻。但当时晴空万里，春风和煦，天边看不到一丝云，完全没有要下雨的迹象——是的，仅仅几个小时前还是这样。

我抬眼一望，太阳已经呈现出一种奇怪的黄蒙蒙的状态。

我心里暗叫了一声"糟糕"，连忙改变了航向。这么做虽然没错，但是暴风雨的行进速度比我预想的快得多，马林号像老鼠一样被它追着跑。等我回过神来，才发现马林号已经处在大海中央，无路可逃了。

哗的一声，霎时间豆大的雨点从高空砸下，船身剧烈地摇晃起来，晃得我根本站不稳。

我放弃了抵抗，将船帆收起。为了稳定船身，我把船锚抛进海中，接着把甲板上的东西都牢牢绑住，以防它们被海浪卷走。我还在船的多处放置了绳索，以备必要时用作救生绳。做完这些工作，我全身都被淋透了。当你陷进风暴无法脱身时，反抗是无用的，好在海猫船的稳定性不错，不会轻易被这种程度的风浪掀翻。目前，我能做的都做完了，接下来只能静待暴风雨过去。

我爬进船舱，关紧防水舱门，换下刚才被淋湿的衣服。船身摇晃时，各种东西从架子上噼里啪啦地掉下来，散落一地。我没管它们，反正捡起来，它们还会再掉下来。

马林号在暴风雨中不停颠簸，强风在船舱周围一圈圈打转，猛烈地撞击着窗玻璃，发出阵阵咆哮声。但它始终被关在舱门外，无法进入船舱。

只要天气好，我大多数时候都会待在甲板上，我喜欢在航行时用整个身体去感受日光、波浪和海风。但遇上现在这种天气，像这样待在船舱里也不错。

船舱是离马林号的心脏最近的地方，在这里我能感受到

它的心跳，和它一同呼吸。我能知道它的感受，它也知道我的想法，我们不必交谈就心有灵犀。

因为船身摇晃得厉害，我无法使用火炉，只能从应急口粮袋中掏出熏贝放进嘴里慢慢咀嚼，同时侧耳倾听暴风雨的动静。

收起船帆、关闭引擎的马林号，现在就像一片小小的树叶漂浮在海面上。狂风扯着马林号转了一圈又一圈，似乎急切地想把这片树叶掀翻。

每次剧烈的摇晃都会使地上七零八落的东西哗啦啦地滑动。那声音非常烦人，我却无能为力。

"你到底想要什么？"我试图与狂风对话，"你说说看吧，究竟看上这艘小船上的什么东西了？对不住，我可没什么东西能给你。"

啪的一声，似乎有什么东西撞在了窗玻璃上，一抹鲜亮的翠色一闪而过，迅速地消失了。

我透过窗户向外望，雨水和海浪砸在玻璃上，晕成一片，什么都看不清。

我推开舱门，开门的那一刻迎接我的是滔天巨浪，那感觉就像是一桶凉水猛地浇了过来，我的呼吸在那一瞬间都停止了。

透过雨水和飞溅的浪花，我看到一个绿色的小东西落在不远处，似乎是一只小鸟。我紧紧抓住绳索，摇摇晃晃地朝甲板走去。

还没等我过去，一个大浪又打了过来，绳索险些从我手中挣脱。海浪哗啦一声冲到倾斜的甲板上，小鸟的身体一下子被卷到了船边。

我趁着船身回正的瞬间冲过去，勉强抓住那只差点儿就掉进大海的小鸟，把它塞进口袋。我连滚带爬地钻进船舱，关上舱门才发现自己全身又湿透了，就像刚下海回来似的。

我小心翼翼地把小鸟从口袋里掏出来，它已经没有一丝力气了，双眼紧闭，身体瘫软，但气息尚存。它又小又轻，我将它捧在手里，几乎感觉不到任何重量。我从散落在地上

的物品中找到一根布条，裹在小鸟身上，让它躺在一个空箱子里。

这种鸟我以前从未见过，它背部的羽毛呈明艳的翠绿色，尾羽夹杂着些许黄色和黑色，胸部的羽毛是白色的。

我能判断出它并不是海鸟，应该属于陆禽。它可能是在暴风雨中迷失了方向，被吹到这里来的吧。小家伙，幸亏你能在茫茫大海中碰到我这艘船。

关于鸟，我知道的并不多。之前有一次，在马林号停靠港口期间，有只小鸟曾到我的船上筑巢。这还是第一次在马林号航行时有鸟飞到船上。

这让我想起了去南羽岛途中遇到的守塔人阿贝的话。他说，每年他都要照料那些因撞上灯塔而跌落的候鸟。眼前的这只鸟已经非常虚弱了，我还能救活它吗？

船上没有任何地方能安全地放置装小鸟的箱子，所以我只好一直把它抱在怀里。

暴风雨肆虐了一整夜。船舱的门窗都密封得严严实实，没有一丝缝隙。但即便如此，在海浪的猛烈撞击下，船舱还是有进水的风险。倘若船撞上了礁石，我还要做最坏的打算。最坏的结果就是沉船了吧。

真到了那时，也只能听天由命了。不过，我还是很想救这只鸟的。我自己都感到奇怪，它不过是一只遭遇暴风雨、碰巧上了我的船的小鸟而已。

我突然想到，暴风雨想掀翻我的船，不会就是想得到这只小鸟吧？小鸟选择了我的船，逃了进来。如果是那样，我更不能把它交出去了。

天快亮时，暴风雨的势头总算有所减弱，但马林号依然摇晃不止。我躲在船舱里，抱着装小鸟的箱子，钻进被窝睡着了。

耀眼的阳光直直地照在我的脸上，我睁开了眼睛，原来已经是早上了。

我察觉到身旁有什么东西在动，随即往箱子里瞧去，小鸟睁开了圆溜溜的眼睛。

"小家伙，你醒了？"

我和它打招呼，它看起来一点儿都不怕我，乌黑的眼睛一直盯着我看。

"你要喝点儿水吗？"

我倒了一小杯水，举到它跟前。但它并没有喝，似乎还没有喝水的力气。于是，我将布条的一端蘸上水，放到它的喙边，让布条上的水沿着喙的缝隙一点点流进去，小鸟的喉咙动了动。

"对，就是这样。"

小鸟的身体也动了动，接着把喙张开一条缝，发出啾的一声微弱的鸣叫，好似轻柔的哨声。

"肚子饿了吧，你能吃些什么呢？"我切了些碎鱼干喂它，但它似乎不太喜欢。在试过各种各样的东西之后，我发现它似乎最喜欢泡过水的面包屑。

等小鸟的状态稳定些后，我帮它检查了身体。这期间小鸟就安静地任由我触摸。它身上没什么明显的伤，翅膀和腿也没有骨折的迹象，这样看来它没有什么大碍，应该很快就能振作精神，展翅高飞了。

"再休息一会儿吧。"

我把小鸟放回箱子，连箱带鸟放到舱内的货架上，然后开始收拾暴风雨过后的残局。

天空碧蓝如洗，大海也恢复了平静。我将渗入引擎室的些许积水抽出来，并确认了设备是否还正常运转。查看自动驾驶罗盘时我才发现，船已经被冲出去好远了。不过无所谓，反正我也没做任何计划，没什么目的地。甲板上到处都是海草，好在船舵和桅杆都没什么异常。

我随后回到船舱，收拾散落一地的东西。过了好一会儿，我突然发现装鸟的箱子空了。

　　我环视船舱。啾，一个微弱的声音传来。我一回头，看见那只鸟正站在对面架子的边缘，好像马上就要掉下来似的。

　　"嚯，别吓我啊，你已经会飞了吗？"

　　我不禁笑了起来。

　　"等我抵达陆地后就把你放走。"小鸟微微歪着头，俯视着我，再次啾地叫了一声。

　　就算你现在能飞了，我也不能就这么在大海中把你放生吧。从遭遇暴风雨时马林号的位置判断，这只小鸟应该是从翡翠岛一带飞过来的，我这样想着，改变了船的航向。

　　翡翠岛虽然不大，但非常漂亮。整座小岛被茂密的森林覆盖，从海上远眺，小岛像戴了一顶翠绿色的帽子。

　　我在岛的南面发现了一座小渔港，于是把船停在了那里。正在海边玩耍的孩子们好奇地凑了过来。

　　"你从哪里来的呀？"

"海猫岛。"

听到我的回答，孩子们两眼放光，接二连三地继续发问。

"好厉害啊，这是海猫船吗？"

"它的速度能一下子提起来吗？"

"海猫岛有多远呀？"

"你来这里做什么？来买石头吗？"

起初，我不明白他们口中的石头是什么。于是，一个说话的小孩从随身的袋子里拿出一块鹅卵石给我看，看来他把这块石头当成宝贝。那块石头有着耀眼的光泽，漂亮的蓝紫色间夹杂着几丝银色。

他说："我家还有更好的，你可以来看看。我爸爸有很多这样的石头，你是不是来找这种石头的？"

我曾在新月岛的一家商店里见过这种石头，它是未经打磨的海王石。海王石来自深深的海底，有时会被冲到海滩上，若被好好打磨一番，就会成为相当昂贵的装饰品。对岛上的居民来说，这是一个不错的收入来源。孩子们似乎不是来沙滩上玩耍的，而是来捡海王石的。

"不好意思，我不是来买石头的。"

我解释道。

"我是来找小鸟的，一种绿色的小鸟，它们是不是生活在这里？"

"绿色的小鸟？"

孩子们一脸茫然。

我回到船上，把小鸟从船舱里带了出来，小鸟在我手里好奇地四处张望。

"暴风雨来临时，这只小鸟撞到了我的船上，它不是这一带的鸟吗？"

孩子们七嘴八舌地谈论起来。

"不知道，我没见过，你们呢？"

"我也没见过。我去问问爷爷吧，爷爷什么都知道。"

其中一个孩子说着就跑远了，然后领来一位上了年纪的渔夫。

"这种鸟我从小到大都没见过，肯定不是这座岛上的。"

老渔夫歪着头，似乎在仔细回想。

他还告诉我，翡翠岛虽然有帆船，也有装着小型简易引擎的机动船，但这些船都很小，几乎不能远航，所以平时他只在岛周围捕鱼、捞贝，没有到过别的岛，对那些岛的情况不太了解。

"那该拿这只鸟怎么办？"

孩子们看着我手掌上的鸟问道。

是啊，怎么办才好呢？要不把它放在这座岛上？这里看上去食物充足，气候也不错。可在这里，它一个同伴都没有，小鸟缺少了同类的陪伴也会感到寂寞吧。

"我再找找看吧。"

我回答道。

老渔夫分给我一些刚在附近打捞上来的鱼，我顺便买了几块孩子们捡的海玉石，便离开了港口。孩子们站在沙滩上，不停地冲我挥手道别。

一段不可思议的旅程就这么拉开了帷幕。

我的马林号一般只运送货物，很少载客。即使是一只小鸟，那也算客人。船上有别人时和只有我一人时，我的心情大相径庭。

不过，照顾这位客人并不费事。它既不唠叨，也不会抱怨食物不好，我只要给它提供面包屑、坚果和水果就可以，并且只要一点点就够了。

我逐一去了翡翠岛附近的岛。但无论在哪座岛，都没人认识这种鸟。

"小家伙，你到底是从哪里来的？"

我喃喃地问了好几遍，当然小鸟并不会回答我。

船舱门已经被我打开了，所以小鸟可以自由地远走高飞，可它似乎并没有飞走的意思。

我回想着暴风雨那天的风向，驾着船在一座座岛之间穿梭，甚至还将船强行停靠在无人岛，到岛上的森林深处去一探究竟，但依旧没有找到小鸟生活的地方。

我到底在做什么？仔细一想，我自己都觉得奇怪。就为了一只鸟，竟在海上转了好几天。

不过说实话，这倒也不是什么坏事，我还挺享受这个过程的。

小鸟似乎已经完全习惯了船上的生活。白天，它大多数时间会和我一起待在甲板上，时而蹦来蹦去，时而啄啄绳索，时而跳上船舷，迎风展翅，眺望大海。我钓鱼的时候，它会趴在我的肩膀上，不停地窥探。

"喂，别被海浪卷走了。"

我有时会这么提醒它一句。

黄昏时分，我再把它带回船舱。小家伙似乎把睡觉的地方定在架子最上面的一层。有时一大早，我就会被耳边的啾啾的叫声吵醒。

可是，总不能一直这样漫无目的地找下去。

我忽然想到，或许可以去南羽岛问问看。

南羽岛住着一位研究鸟类的学者，我曾经驾船把他从海猫岛送往南羽岛。虽然这里距离南羽岛有点儿远，但是去问他应该能有所收获。

于是我便缓缓南行，不时会在途经的岛上停靠。待接近南羽岛时，与其说是春天，不如说是初夏时节了。

那位醉心鸟类研究的学者岸吉依旧住在海边的小房子里，埋首于堆积如山的笔记和照片之中，这里的生活似乎很适合他，他整个人看起来精气神十足。

"珊瑚郎先生！什么风把你给吹来啦！"

岸吉笑逐颜开地前来迎接我，看到站在我肩头的小鸟时，他蓦地神色一变。

"这鸟你是在哪儿抓的？不好意思，请允许我仔细瞧瞧。"

我用手托起鸟，递给岸吉。

"暴风雨中，它自己飞到了我的船上。你能告诉我这是什么鸟吗？"

岸吉谨慎地查看小鸟。

"模样有点儿像昭岛金翅雀啊，不过尾羽的颜色却完全不同，具体种类我也不太了解，因为我主要研究海鸟……"

岸吉拿出厚厚的鸟类图鉴翻阅起来，接着抬起头，兴奋地说道："也许是变种，一个新品种！珊瑚郎先生，你也太厉害了，居然发现了新品种。"

对我来说，这只小鸟是不是新品种无所谓，我只想知道它到底是从哪儿来的。

但是，从岸吉的介绍来看，昭岛金翅雀栖息在离这里很远的北方海域，并且据说很早之前就灭绝了。

"鸟一般能飞多远啊？"

我问岸吉。

"不同的鸟,飞行距离也有所差别。像这么小的鸟有时也会飞越令人难以置信的距离。昭岛金翅雀虽然不是候鸟,但也有很多被暴风雨卷走的先例。"

我依旧没有线索。

岸吉花了很长时间帮我查找昭岛金翅雀可能生活的地方,其中几处我已经去过了,剩下的地方简直远得离谱。

"那个,珊瑚郎先生……"

岸吉镜片后的目光变得严肃起来。

“能不能把这只小鸟交给我？我想更详细地研究一下，若真是新品种，就必须向野鸟学会报告。”

“那可不行。”我笑着拒绝了他，“这只小鸟可不是你的研究样本，而是我船上的客人。万一它因为是新品种，被做成标本就糟了，我还要把它送回它生活的地方。”

“这样啊……”

岸吉略感惋惜，但也只好妥协，准备拍几张小鸟的照片用作研究。

他拿出一架夸张的照相机，一连拍了好几张，又画了几幅鸟的速写，还在笔记本上密密麻麻地写了一大堆。其间小鸟并不厌烦，它在桌子上走来走去，偶尔啄啄面包屑。

“它似乎已经习惯了我们在它周围。对野生鸟类而言，这可真罕见。”

岸吉盯着镜头赞叹道。

接着，他突然看向我：“可是，珊瑚郎先生，鸟类一旦适应了圈养生活，就无法再回归野外了。被圈养的日子里，它们既不必辛苦地寻找食物，也不需要考虑如何躲避天敌，即使被放回大自然，可能也没法好好地活下去。"

"原来会变成这样啊。"

小鸟也许在桌子上走腻了，翅膀轻轻一抖，停在了我的肩头。

"我会注意的。"

说完，我便和岸吉道别，匆匆离开了。

这次的旅途太漫长了，船也该重新维修保养一下了。

我选择了一条与来时不同的航线，决定先返回海猫岛。

归航途中经过了许多小岛，我逐一靠过去登岛查看，因此多花了不少时间。果不其然，去哪座小岛的结果都一样，没人见过这种小鸟。

我回到久违的海猫岛的那天，阳光和煦。

马林号绕过防波堤，驶进熟悉的港口，我感到一切都无比令人怀念。马林号轻轻地缓缓停靠在码头的老位置，仿佛一只水鸟飘然而落。

"喂，小家伙，给你找家的任务就先暂停一下吧。"

我对肩上的小鸟说。

"咦？珊瑚郎先生，那只鸟是哪儿来的？"

一位面熟的无线电局的姑娘看到我后，瞪大了眼睛。

"这是我捡到的。"

"噢，它可真漂亮，好可爱呀。它叫什么名字？"

"不知道。"

"怎么会不知道呢……珊瑚郎先生，你可是它的主人呀。"

"我不是它的主人。"我边走边回答她，"这只鸟只是暂时寄居在我这里。"

我可没有养鸟的打算。鸟的名字？我突然发觉自己从没想过要给它起个名字。

"小家伙，你叫什么名字？"

我问小鸟，它只是呆呆地歪着头。

原本我就对养小宠物不感兴趣。牵着艾克斯蜥蜴四处闲逛、把宝石状的昆虫放在帽子上，在其他岛已经演变成一种时尚，但我总有些看不惯。

现在我肩上就站着一只鸟，别人不会也这么看我吧。我感觉肩膀似乎变得有些沉重，可总不能把小鸟揣进口袋里吧。

无论去哪儿，小鸟都老老实实地跟着我。我先去了造船厂，拜托修理师傅将马林号维修保养一下，然后去了珊瑚店，把卖珊瑚工艺品的货款交给珊瑚店大叔，并解释了一下为什么这么久才回来。接着，我去了大叔告诉我的另一家店，卖了海王石，还处理了一些琐碎的事务。最后，我去矶鹬亭吃饭。

无论我走到哪里，大家谈论的话题都围绕着小鸟。有人是出于好奇，过来和我搭话，也有人是想买下这只鸟。我每次都重复着相同的话："这不是我的鸟，它只是寄居在我这里而已。"

我并没有觉得厌烦，只是有一些想法开始在我心里生根发芽。

"鸟类一旦适应了圈养生活，就无法再回归野外了……"

岸吉的话一直在我的脑海里回荡。

或许我内心深处，并不想将它放生？

先是去了翡翠岛，接着又去了南羽岛，在这漫长的旅途中，我只能缓缓驱船前进，一直小心翼翼，就是为了防止大风将轻飘飘的小鸟从甲板上吹走、海浪将小鸟卷走。一路上，我都在躲避风雨，只走安全的航线。这一点儿都不像我。

就像鸟习惯了船上的生活一样，我也开始习惯和小鸟待

在一起。可是，这只小鸟不应该待在这里，它应该更加自由自在地活着。明明是一只鸟，却在船上生活，这也太离谱了。

我带着肩头昏昏欲睡的小鸟离开了矶鹬亭。它可真轻啊，但我能感受到那柔弱的身体里有颗心脏正铿锵有力地跳着。

它只是暂时寄居在这里，我在心里坚定地对自己说。

我缓缓地在夜色里走着，回到了小屋。月光浸透了我的衣衫，回到家后也迟迟没有消散。

在马林号维修保养的日子里，我一直悠闲度日。

"珊瑚郎，这船怎么了？"

当我去造船厂查看马林号的时候，维修师傅问我。不知道为什么，刷好油漆的马林号看上去似乎对我有些冷淡。

"噢，大约半个月之前，它遭遇了一场暴风雨。"

"我不是问这个。船身细小的磕碰我都已经修复了，可是马林号好像心情不太好啊，是不是出了什么事？"

没发生什么啊，我正嘀咕着，突然想到了一些线索。

马林号确实心情很糟。

之前去南羽岛的时候，我就察觉到了一点儿苗头，比如缆绳卡进了金属零件里，船舵咯吱咯吱地响。我当时还以为是因为马林号受到暴风雨的侵袭，看来并不是这样。

我与马林号之间似乎出现了一道看不见的裂痕，就像在水下说话似的，我的指令无法顺畅地传达给它。我说往右，马林号却听不见。不，它应该是装作听不见的样子，执意向左驶去。方向错了！我大声斥责它，斥责声仿佛也顺着裂痕飘了出去。

我回想时才发现，近期的旅途中自己并没有和马林号对话。我的身边一直有一只小鸟，它是那么娇小，有着一颗小小的心脏，流淌着温热的血液。我的心思全放在这只小鸟身上了。

"原来是这么回事啊。"

我不禁苦笑："马林号，别吃醋啦。"

我和马林号之间的裂痕眼看越来越宽。

不能再这样下去了，我必须尽快找个地方将小鸟放生。

再这么下去，情况会更糟。

"能麻烦你把这只鸟带走吗？"

我和一个即将向南航行的货船水手交代了事情的原委，试着请他帮忙。

"好的，没问题。"

善解人意的水手点了点头。

"可是，这个小家伙好像和你很亲近，你舍得吗？"

"没事，带走吧。"

我回答道："找一座静谧暖和的小岛，将它在那儿放生

吧。"

水手拎来一个生锈的旧鸟笼。

"我也养过鸟，正好还剩了一些饲料，把它放进这个笼子里吧。"

我用手托着小鸟，轻轻地把它放进鸟笼。

"要乖一点儿哟。"

我看着小鸟跳上笼子里的栖木后，关上了笼门。小鸟一脸疑惑地抬头望向我。下一秒，它变得非常狂躁，就像疯了似的。

它猛烈地拍打着翅膀，用头撞击铁笼，还踢翻了饲料，柔软的羽毛满天飞舞。它变成了一副令我陌生的模样，简直像只野鸟一样。

水手赶忙用布遮住鸟笼，但小鸟依旧没有停止拍打翅膀。

"喂，喂，这可不行，它会丧命的。"

水手摇着头说。

我打开笼门，一把抓住了歇斯底里的小鸟，我被它吓得心脏怦怦直跳。小鸟在我手中挣扎着，喙的根部渗出了一点儿血。

"对不起。"

这句道歉既是对水手说的，也是对小鸟说的。

"不好意思啊。"

直到此刻我才明白，我必须亲自走一趟。

过了好久，小鸟才冷静下来。我想我不会再把它放到笼子里了。

修整完毕的马林号从造船厂出来了。就这样，我驾驶着油漆味未散的船，扬帆起航，驶离了港口。

正巧其他店家拜托我再去翡翠岛买些海王石回来。我也借此机会，直奔西南海域。

"喂，小家伙，你马上就能回到原来的地方了。"

我告诉小鸟。

"你难道对之前生活的小岛一点儿印象都没有吗？比如说，岛的位置、形状之类的。你要是想起来了，可一定要告诉我啊。"

啾，小鸟睁着圆溜溜的眼睛，轻快地叫了一声。

这次的旅途中没有遭遇暴风雨。我抵达翡翠岛，办完正事已经是傍晚时分了。

我选择了一座离翡翠岛不远的无人岛，将马林号停靠在岸边。

我哗啦哗啦地蹚过浅滩，在一片美丽的沙滩上扎营后，生了堆火，烤了些鱼吃。

我很喜欢生堆火。在船上的时候，只能用煤油炉做饭，若是在陆地上扎营，我就会捡些木柴来生火。看着摇曳的火光，我可以思考很多事情。

不能再继续寻找小鸟曾经生活的小岛了。算了，适可而止吧。继续这么漫无目的地找下去，小鸟只会越来越习惯船上的生活。

"你就待在这座小岛上吧。"

我试着劝说小鸟。

"这座岛很不错。你在这里生活，应该挺好的。"

其实在这里生活到底好不好我也不知道。

小鸟站在我肩上，将头埋在蓬松的羽毛间安睡着。你怎么能睡得这么安心呢？我又不是树枝。

就在我伸手想要添些木柴时，小鸟突然探出了头，它稍稍改变了一下在我肩头的站姿，眨巴着眼睛望了望火苗，张了张羽翼，像是在舒展筋骨，随即又安静地闭上了眼睛。

天亮了之后，我回到船上，升起船帆，确认了风向之后，将船锚拔起。

"再见了，小家伙，要好好活下去哟。"

我捧起小鸟，全力向岸上抛去，接着立刻启动马林号，全速前进。

小鸟并不知道发生了什么，在空中摇摇晃晃，扑棱、扑棱地拍打翅膀，慌张地转过身，正要朝我飞来。

"飞吧！"

我冲它喊道。

"去哪里都行，自由自在地飞吧。"

是鸟飞得快还是船行驶得快？是逆风飞行的小鸟快，还是全速行驶的马林号快呢？

我并没有回头看小鸟在后面跟了多远。等我回头的时候，它已经不见了。

我开了一整天的船，缆绳紧得几乎要绷断，船帆也快被大风撕碎。马林号嘎吱嘎吱地响着，左右摇晃。尽管如此，我还是选择继续向前行驶。

我选择无视了洋流、风向、警报和航海图，一心只想着向前行驶。

天色变暗后，我才慢慢放缓船速，喉咙干巴巴的，头也昏昏沉沉的。我一整天都没吃东西了，上一次如此不要命地开船，还是在参加帆船比赛的时候。

我到底在做什么？！

我咕咚咕咚地喝了几口水，随后躺到甲板上，独自笑了起来。

简直就像匆忙出逃一样，我究竟想摆脱什么呢？是小鸟，还是我内心的挣扎？

一闭上眼睛，我就会想起那只小鸟。我似乎看见它掉进大海，孤单无依地在海浪里漂浮。它真的好小啊，看上去就像一朵枯萎的绿花，海浪将它冲到遥远的海滩上，蓝色的大海、绿色的小鸟……

这种奇怪的感觉持续了三天左右。我时常会不自觉地要说点儿什么，话到嘴边又咽了下去。我意识到肩头早已空无一物，不过我也渐渐地习惯了。

"一切都结束了吧。"

我喃喃自语，一半是说给自己听，一半是说给马林号。

当我的手轻轻触到船舱后，马林号随即在海上划出一道优美的弧线，掉头朝着海猫岛的方向平稳地前行。

这件事还有后续。

从那之后大约过了半年，已是秋末时节。

我经过北比目群岛时，引擎突然熄火了，虽然附近就有一座不知名的小岛，但不巧那时海上无风，马林号根本没办法前行。

那阵子我接了一份比较辛苦的工作，时常身处陌生的海域，连觉都睡不好，非常疲惫。

但是，不管我再怎么累，只要马林号的状况有丝毫异常，我都能立刻察觉到。不，应该说我必须立刻察觉到。这次突然的熄火让我烦乱不已。

大概率只是插头出了故障。不过天色已晚，我有些犯懒，没有打开工具箱寻找修船的零件，就这么抛锚停船了，打算等天亮之后再修。之后，我便睡了过去

我醒来的时候，发现马林号似乎有些不对劲。它既没有摇晃，也没有进水，但是我感觉它像是被一种柔软的半透明布裹得严严实实的。

我赶忙走出船舱，眼前的一幕让我大吃一惊。

船上站满了小鸟，它们有着鲜艳的翠绿色羽毛，尾巴处夹杂着黄色和黑色的羽毛。

甲板上、船舷上、桅杆上，总之能停的地方，都挤满了小鸟，大概有几百只吧。

我站到甲板上，茫然地望着眼前的一幕。黎明的微光里，那翠色的羽毛将我的船装点得生机盎然，鸟儿婉转的啼鸣声环绕着马林号。

突然，一只小鸟离开鸟群，径直朝我飞来。我伸出手，那只小鸟就轻车熟路地停在我手上，它好似催我喂食似的啄了下我的手掌，那熟悉的、轻飘飘的感觉又回来了。

"小家伙，原来你住在这儿呀。"

我和小鸟搭话。

小鸟抬起圆溜溜的黑眼睛，清脆地叫了一声回应我。

"真是太好了，你终于找到同伴了。"

接着，小鸟又啾地叫了一声，飞走了。当它混入颜色、大小都差不多鸟儿之中后，我就再也分不清哪只才是被我救助的小鸟了。

晨光闪耀，鸟儿们突然一齐振翅。霎时间，数百只小鸟的振翅声和热闹的鸣叫声如同淋浴头喷出的强劲水流向我袭来，接着小鸟们朝着小岛的方向飞去了。

太阳完全升起后，一只小鸟都不见了。静谧的海面上，只剩下我和马林号。

在那之后，我再也没去过那片海域。

那里距离翡翠岛相当远，我不知道那只小鸟当时是怎么飞过去的，我甚至连那座小岛的名字都不知道。

没关系，只要我知道海上有一座小鸟们生活的小岛就足够了。那座小岛就处在这广袤无垠的大海的一隅。

在一个暴风雨的夜里，我又想起了小鸟，那个长着小小翅膀，身体轻柔温暖的小家伙。我会一直把它记在心里，永世不忘。

幽灵船

"你是遇上幽灵船了吧?"

在奏笛岛港口的一家酒馆内,突然有人这么问我。

自抵达港口的那天起,这里就一直是阴雨连绵的天气。灰蒙蒙的乌云就像一块破布,罩在小岛上空,绵密的雨丝飘洒而下。大约是很少有外乡人到这里来,我停船时,水手们都盯着我和马林号看。

原本我并没有打算来这座岛。可就在两天前,我在东海遭遇了一场冰雹，弹珠大小的冰雹劈头盖脸地砸向我，我躲进了船舱。但太阳能电池的一些零件却被冰雹砸坏了，根本充不进去电。

虽然马林号有风就能航行，可谁都无法预测未来会发生什么，我总不能让马林号拖着病体陪我继续前进。

我走向那些水手，想问问他们去哪儿能找到修船所需的零件。可一见我过来，水手们都刻意回避，有的水手悄然移开视线，有的水手装出一副火急火燎的样子，匆匆走开。我心里纳闷，这座岛上的人怎么这么奇怪？

没办法，我只好先找了一家酒馆进去避雨。那家酒馆牌匾上的油漆已经剥落，斑斑驳驳。我走了进去，店内的几位客人齐刷刷地看向我。其中一位开口问道："你是遇上幽灵船了吧？"

"什么幽灵船？"

我反问道。我的话在昏暗的酒馆内引起一阵骚动。

"坐过来吧，这儿有空位子。"

最先开口的客人坐在吧台，朝我挥了挥手。那是一只瘦削的灰猫，长着一张尖尖的三角脸，说话的声音听上去滑溜溜的。

　　"阁下是从哪里来的？"

　　"海猫岛。"

　　我坐在他腾出来的位子上回答道。

　　"是穿过塞托海来到这里的吗？"

　　"不，我是从新月岛那边绕过来的。"

"啊，这样呀，那还好，那还好。"

对方的语气听上去像是松了一口气，又像是失去了探询的兴趣。

"塞托海域发生了什么事吗？"

"塞托海有幽灵船出没，你可别不信，是真的。"

灰猫自我介绍叫朗姆，是岛上的商人，十分健谈。

"我经常过来采购这玩意儿，再拿到其他地方卖掉，不过也挣不了多少钱。"

朗姆像变魔术一样，从口袋中拿出好几串亮闪闪的贝壳项链，看上去很廉价。虽然他嘴上说着挣不了多少钱，但是我总感觉他有五花八门的生财之道。

"这半个月以来，岛上到处流传着幽灵船的传闻，我的伙伴们都吓得不敢出海工作了。"

我从朗姆口中得知，在塞托海出没的幽灵船是一艘型号非常古老的帆船。它悬着破破烂烂的帆，在海上游荡，只在阴雨天出现，晴天便会销声匿迹。

"它会神不知鬼不觉地出现在大雾之中，然后又悄无声息地消失。"

"你见过幽灵船吗？"

"不不，我没见过，但我特别想亲眼看一下。我还曾专程出海寻找过幽灵船呢，却没什么收获。"

朗姆似乎对幽灵船很感兴趣，说着说着还笑了起来。

"为什么大家会怕这种只会忽隐忽现的家伙呢？"我问道，"幽灵船应该不会追着过往船只不放吧。"

"哈哈，话是这么说，不过……"

朗姆扬手又点了杯酒，接着压低音量继续说道："阁下从外乡来，可能有所不知。这座岛上有个传闻，说是看到幽灵船的人会大难临头。虽说是没什么根据的说法，但可不能不重视，已经有三个人昏迷不醒了。"

"这样啊。"

"已经有三个渔夫中招了，他们都是身强力壮，感冒都没怎么得过的家伙。可后来他们一个个变得脸色发青，瘦骨嶙屿。其他渔夫觉得不祥，此后再没有谁踏入塞托海一步。马上就到了捕黑尾虾的季节了，塞托海的黑尾虾可是价格很高的。可就因为幽灵船的传闻，再也没有人敢去塞托海捕虾了，简直太可惜了。"

朗姆抓起盘子里的小鱼干，嘎巴嘎巴地嚼了起来。

我觉得岛上的传闻很可笑。其实在很多地方都有幽灵船的传闻，大多都把它描绘成破烂的帆船。我既没见过，也不相信。

"现在小岛处境艰难。要是谁能查明幽灵船的来历，或者驱走幽灵船，谁就能得到一大笔赏金。刚刚我看你驾船驶进港口，还以为你是来赚赏金的呢。"

朗姆耸了耸肩，又咪咪地低声笑着。接着，他伸头凑近我，盯着我的脸小声说道："怎么样？你要不要试一下？"

"试什么？"

"去赚赏金呀！"

"你说我啊。"

"嗯嗯。"

朗姆眯起眼睛，边回答边点了点头。我不知道他是认真的，还是在开玩笑。

"可是我也不想大难临头啊。"

"不不，哎呀，这种事情就是看你怎么想的，信则有，不信则无。坚信自己会惨遭不幸的人才会变得不幸。你既然本

来就不是这座岛的居民，又何必胡思乱想。获得大笔赏金后悠闲自得地生活多好呀，不是吗？反正我是这么认为的。"

"朗姆先生，你就别捉弄我了。"

邻桌的几位客人一直竖着耳朵听我们的对话，现在他们好像再也忍不住了，于是插嘴道："小哥，你可别当真。这个叫朗姆的家伙只是嘴上逞强罢了。其实从去年开始，他不是船被人偷了，就是做买卖赔钱了，反正没一件好事，就连好不容易存的保险金也不翼而飞了。当时这家伙就忽悠周围的人……"

"谁让你多嘴的，别说了。"

朗姆转过身去，厉声呵斥了对方一句，然后再没理邻桌的客人，而是将身体向我这边大幅倾斜。他的肩膀几乎要碰到我了。

"怎么样？要不要和我联手？"朗姆压低声音说道，"你看上去就很有胆量，还有一艘性能极佳的船，那是用太阳能电池的船吧？我对这座岛和周围的情况了如指掌，但是目前我还没有属于自己的船，所以哪儿也去不了。如果一切进展顺利的话，赏金我可以和你平分。噢不，看在你出借船的份上，我也可以多分你一些。"

我哼了一声，喝了口他递给我的酒，一股浓烈的气味冲进鼻腔，侵入喉咙。

"很遗憾，我对你的提议不感兴趣。"我回答，"比起这个，我更想知道该去哪儿找太阳能电池的配件。"

"是树脂材质的那种吗？"

"不，是结晶玻璃的。"

"啊，我从没用过那个，所以不太了解。"

朗姆像是在思考什么似的，挠了挠耳朵。

"我认识一位技术不错的修理工，我可以帮你问问他。那个，你好不容易来了，就放松放松嘛，虽然这里也算不上什么好地方。"

朗姆好像已经忘了幽灵船的事，给我推荐了几家便宜的旅店和不错的餐厅。

"这是我现在的住处。"

临别之际，朗姆快速地塞给我一张纸条，上面潦草地写着一个地址。

这座小岛确实没什么特别之处。

防波堤上，颜色像是被煤烟熏过的海鸥排成一排，到处阴沉沉的，一片死寂。港口附近的建筑物颜色斑驳，墙漆都剥落了，可能是受湿润气候的影响。街上空荡荡的，根本看不见人影，半数的店铺都关门了。

朗姆说的赏金的事好像是真的。我看到街上到处都张贴着崭新的悬赏海报。海报画技拙劣，上面的船帆上画着一个骷髅头，看上去非常奇怪。但给出的悬赏金额对这样的小岛来说，算是数额不菲了。

"这座小岛从前也很热闹。"旅馆的老婆婆叹息着说道，"那时候，大型客船来来往往，所有去往新月岛的船都要在这里的港口补充燃料，专门接待水手的旅馆从港口一直开到这一带。那会儿真好啊。"

除了我，这家旅馆看样子也没有其他客人了。每间房都很简陋，四处漏风。我本想睡在船上，可这位老婆婆似乎很高兴有人能陪她聊天，并不打算放我走。

"现在，大家的船都很先进，不需要中途补充燃料也能航行到新月岛了，客人也就很少来这儿了，更别说塞托海还发生了那种怪事。"

"过不了多久，就会有其他小岛的人来寻找幽灵船吧。"我试着安慰她，"不是说有赏金吗？我还曾被误认为是为了赏金来的呢。"

"可千万不能去啊，小伙子。"

老婆婆连连摇头，接着满脸严肃地小声说道："那幽灵船看上去就很可怕。绝对不能靠近它啊，给再多的赏金都不能去。幽灵这种东西，你若是招惹它，以后会一直遭报应的，简直太可怕了。"

时不时地，我听见有呜呜的像笛声一样的声音传来。在郊外的小山顶上有一块尖尖的塔形岩石，石头上有一个洞。

据说，当风穿过岩石上的洞时，岩石就会发出呜呜，听起来就像有人在吹奏笛子一样，这就是奏笛岛名字的由来。

小镇的居民大概都已经习惯了吧。可那笛声诡异地在我耳边回荡了一整晚，挥之不去。

在岛上待了一整天后，我终于弄到了想要的零件，便立即回到船上，开始修船。我卸下光能收集器的盖子，取下破碎的玻璃片，换上了全新的零件。如果是自动驾驶罗盘或警报器发生了故障，就不是我自己可以修理的了。不过，现在这种程度的小故障，我自己就能解决，还更快些。

"手真巧啊。"

朗姆不知何时过来了，他耸着肩膀站在风里，一动不动地看我修船。这个生意人似乎很闲的样子。

"考虑得怎么样了？有兴趣赚赏金吗？"

"你真是阴魂不散啊。"我整理好工具，"我更想知道你找我去做这件事的真正理由，不单单是为了赏金吧。"

"你脑筋转得真快啊。"朗姆语气愉悦地回答道，"当然是因为比赏金更有赚头的事了，你想听吗？"

我很难说自己完全没有兴趣。

朗姆耸着肩，悄悄地跟我说了个故事。

大约一年前，朗姆和他的一位同伴一起去珍珠岛搬货。

"至于搬的什么，我就姑且先用那批货物代指吧。"

朗姆笑嘻嘻地说道。

如果顺利的话，那批货物可是能赚大钱的。但是，同伴背叛了朗姆，在离开珍珠港时，带着一船货物逃了。据说，其他船看见朗姆的同伴驾船驶向了塞托海的方向。但自那之后，朗姆的同伴、船、整船的货物似乎都从这个世界上消失了，从此音信全无。

"当我听说塞托海有幽灵船出没时，突然想起一件事。我记得我们的那艘船离开珍珠港那天，塞托海的浪很大，我的同伴也不是什么本领出色的水手，在那样的天气里翻船也并不奇怪。如果真是那样的话，货物应该会沉在那一带。"

朗姆自顾自地频频点头。

"当然，我的意思不是说当年的搭档变成了幽灵，他不是那种心眼特别小的人，更重要的是他也没有理由怨恨我。不对，反倒是我身为受害者，对他也没什么怨恨之情，因为被他抢走的船已经由保险公司赔付了。但是总之，我总觉得这次的幽灵船事件似乎和他有着某种联系。"

原来如此，我应和了一声。

"听到这里，你也应该感兴趣了吧？"

朗姆搓着双手自顾自地说，他似乎无论如何都想让我参与进来。

"这倒是个有趣的故事。"我谨慎地回答,"只是,我不和任何人合作。即使决定做什么事,我也一个人去。"

"哦,是这样啊。"朗姆眯起眼睛,"嗯,倒也不是不行,这是你的自由,我也很欣赏你这一点。那这样怎么样?就当这是一个我委托给你的工作。"

"让我听听你开出的条件。"

"对我来说,只要能找回那批货物就可以了。虽然货物已经在水里泡了一年,说不定早就报废了。不过,这也算是我作为商人的执着,那船上现在是幽灵也好,是其他人也罢,我只是难以接受自己的货物就这么不明不白地被夺走了。"

朗姆凑到我耳边低语,似乎想提醒我机不可失。

"如果你答应我的话,我可以付给你相当于两倍赏金的钱。

"这么大方啊。"我回答道,"我考虑考虑。"

"拜托了。"

朗姆再次搓了搓手,低声笑了起来。

 与其说是钱，不如说是这位叫朗姆的商人引起了我的兴趣。虽然我感觉这是个不太可信的家伙，但他身上有些让我感兴趣的地方。

 幽灵船、沉船、下落不明的同伴，这也太巧了吧?

 现在船已修好，我在奏笛岛上也没什么要办的事了，不过我还是将出海的时间推迟到了明天早上。

 早晨的港口异常清冷，细雨依旧淅淅沥沥地下个不停。港口的渔船并排停在一起，似乎谁也不想出海捕鱼。

风中又传来了阵阵呜呜的笛声，这声音让这座本就荒凉的小岛又添了一分阴森。

我解开了拴着船的缆绳，没有打开引擎，就这么驶离了港口。

昨天，我弄到了一份详细的塞托海的航海图。我研究了一下发现，塞托海是一片位于奏笛岛和铃岛之间的狭长海域，其中散落着几座由岩石形成的小岛，有些地方的海底会骤然下沉，而那里就是主要的捕捞点。

但是，这片海域平时水流速度很快，据说有很多船葬身于此。一年中也不过只有两个时间段可以在这里捕鱼，并且每个捕捞季都很短。就像朗姆之前说的，现在正值黑尾虾捕捞季，而传闻中的幽灵船好似特意瞅准了这个时机，恰巧在这时出现了。

不，那不是幽灵船。任何一艘船都不可能自己行驶，一定有谁在暗地里操纵那艘船。

驶入大海后，我将马林号掉了个头，驶入塞托海。雨虽然已经停了，铅灰色的云却依旧低垂在天际。

海面上笼罩着薄雾，像是已经准备好迎接幽灵船的到来。我正这么想着，就看到了那艘幽灵船。

那的确是一艘古老的船，简直就像从博物馆的画中驶出来的一样。这种船型至少也是一百多年以前的船型了，现在已经没有这种船了。船的桅杆上挂着一张破破烂烂的船帆，倾斜的船身模模糊糊地从小岛的阴影中浮现出来。

面对这样的场景，连我都不禁有一瞬间心头一紧，要是岛上那些本就对幽灵船的传说深信不疑的人见了，一定会被吓得魂飞魄散，头也不回地跑掉。

我安静地操纵着马林号缓缓靠近。

微风吹过，驱散了海上的白雾。

我靠近看了看，那艘船并不像在远处所见的那么大，也没有那么老旧。破旧的船帆不过是个装饰。这艘船看上去像是晃晃悠悠地在海浪中沉浮，实际上船帆全无作用。毫无疑问，船上一定装有一台性能卓越的高速引擎。

现在的幽灵船处于抛锚的静止状态，但一旦发生紧急情况，它一定会迅速启动。幽灵船的甲板上看不到任何人，我小心翼翼地降低了马林号的速度，开到幽灵船旁边紧贴着它。这个距离如此近，只要我愿意，就能随时跳上幽灵船。

突然，幽灵船甲板上的一块木板被顶开了，一只白猫探出头来。她用那双蓝色的眼睛飞速地环视四周，发现我的船后，一下跳了出来。

"这不是珊瑚郎嘛！"

白猫跑向船舷，一脸埋怨地问道："你来这儿干吗？"

"希娜，我还要问你呢，你在这儿干吗？"

我反问她。

怪不得我总觉得这艘船看起来有点儿熟悉。

眼前的白猫是珍珠岛的希娜，黑市上很有名气的人。她从不放过任何能赚钱的机会，驾船本领也很高。不过，她从事的可算不上正经生意，我也曾被她缠上，吃了些苦头。

"这是我的工作，若你来妨碍我，我不会放过你的。我说

清楚了吗？"

希娜蓝色的眼睛闪出凛冽的光，警告我。

"我不会妨碍你的。"我回答道，"我只是来看看传说中的幽灵船。"

"嗯？珊瑚郎你也这么爱凑热闹？"希娜一副不可思议的表情，"你真的只是来看看？"

"这艘船还挺具观赏性的，造得真不错。"

我仰望着头顶被风吹得啪啪作响的船帆。

"是吧，我可花了不少心思呢。"希娜指着船帆笑道，"真遗憾，你没有上当，那些愚蠢的渔夫都被我耍得团团转。"

希娜说这话的时候，目光微闪，瞥向水面。

一艘无人的手划船漂浮在距幽灵船远一点儿的水面上，看来她是有同伙的。

"你是来这儿寻宝的吗？"

我的目光也投向水面，水面上浮着微小的泡沫。

"是一年前的那批货？"

"喂，等等，你为什么会知道这些？"

希娜的眼神又变得犀利起来。

"我听朗姆说的，他说他的同伴带着货物逃走了，你的雇主是他那个同伴吗？"

"是一个名叫阿金的男人，我们是在新月岛偶然认识的。这愚蠢的伪装也是那家伙的主意，没想到竟如此奏效。"

希娜抱着胳膊倚在船舷上，继续说："你说的什么'带着货物逃走'并不准确。实际上阿金才是受害者。朗姆原打算一个人私吞整批货，阿金被他骗了，险些丢了性命，只能选择逃跑，慌忙之中才将货扔在这里。太可怜了，不是吗？看到这个胆小怯懦的家伙，连我都动了恻隐之心，决定帮帮他。"

"他们俩谁说的才是真的呢？"

"谁知道呢。"希娜朝我轻轻耸了耸肩，"只要能让我赚到钱，其他都无所谓。既然你只是来凑热闹的，看过了船就速速离开吧。倘若被其他人发现你围着幽灵船打转，对我们双方来说都不是什么好事儿吧？"

"难得来一趟，好戏才刚刚开始呢。"

手划船旁边的海面上，不断冒出巨大的水泡。我看见一个背着氧气瓶，身穿黑色潜水服的家伙浮出水面。他带的潜水镜反着光，让人看不清他的脸。

"阿金，怎么样？"

希娜探着身子，朝他喊道。

水里的人一只手扶着手划船，另一只手大幅挥了挥，示意希娜往上拉。

"哇，太好了，终于找到了。"

希娜冲到船上的卷扬机旁，准备开始卷绳子。

货物似乎很重，单凭希娜的力气根本无法转动卷扬机。

"喂，别光看着啊。"希娜转身朝我喊道，"要是闲着没事儿，就快过来帮忙。"

明明刚才还让我速速离开呢。

我纵身跳到希娜的船上。

"如果我帮你们的话，能给我分多少？"

"等事成之后再说。"

卷扬机很重，我们两个人转动它也费了好大的劲。其间，手划船上的阿金一直眼都不眨地盯着我们。

"喂，你知道那里面装的是什么吗？"

希娜趴在船舷向下看着问道。

"看着像是个铁箱。"

"什么嘛，原来连你也不知道里面装的是什么啊。"

"不知道，我之前也设法打听了，但那家伙始终不肯告诉我呀。"

滴答滴答滴着水的箱子缓缓落到了甲板上。这的确是一个坚固的金属箱，密封得严严实实，没留一丝缝隙，特别重。

阿金朝我这边挥手示意，然后划着船靠了过来。我一边看着他逐渐靠近，一边小声对希娜说道："有点儿奇怪啊。"

"哪里奇怪了？"

"就是这个箱子。它的材质不是铁，而是一种特殊的防锈金属。不仅如此，它还可以完全防水。就算货物再贵重，一个普通商人都不会用这么夸张的箱子装货物。"

"听你这么一说，确实奇怪。"

希娜歪着头，咚咚地拍了拍箱子。

阿金顺着绳梯爬到了甲板上。

"感谢两位，辛苦了，辛苦了。"

阿金一边表示感谢，一边将背在身后的氧气瓶放到甲板上，然后摘下了潜水镜。一张熟悉的脸赫然出现在我面前。

"你好啊，朗姆。"我说，"不，该叫你阿金吧。我怎么称呼你合适？"

"叫哪个名字都行，随你喜欢，珊瑚郎先生。"

阿金，或者说朗姆摸着尖下巴，低声笑道。只是他的笑声中再也听不出之前那种商人特有的圆滑的亲和力了。

"我很喜欢演戏，在奏笛岛我叫朗姆，在新月岛我就是阿金。名字这种东西，我有一沓呢。"

"什么乱七八糟的，真烦。"希娜插嘴道，"你究竟打的什么主意？阿金差点儿被朗姆杀掉的故事完全是你凭空捏造的吗？你最好不要戏耍我。"

"好了好了，小姑娘，别生气嘛。"朗姆从容地笑道，"如果这项任务仅仅是打捞沉入海底的货物，那就太没意思了。所以，我试着加了些故事情节进去，比如阿金和朗姆、神秘的幽灵船、赚赏金的异乡人等。希望你们也能乐在其中，只是可惜了，我排演的这场大戏没有观众。"

原来如此，我明白了。

整个事件恐怕是朗姆提前一年就计划好的，目的就是让船消失，隐藏货物。

船离开珍珠岛的时候，上面应该只有他一个人。让船在事先设定的海域沉没，谁都能办到。只要先在船底打个洞，到时再坐上手划船逃生就可以了。所以，他一开始就将货物放进了特殊材质的防水箱，以便日后打捞。

　　这片海域平日里水流湍急，没人会来这里寻宝。但到了水流相对缓和的季节，全岛的捕虾船都会聚集于此，朗姆反而利用了这一点——他雇佣希娜驾驶"幽灵船"，让幽灵船的传说甚嚣尘上。他趁机来这里打捞货物，万一被别人撞见了，也可以说这艘幽灵船是希娜的，并不是他的。岛上的人也都知道朗姆的船已经被他的搭档阿金开走了。

　　不过，从他刚刚和我打招呼的样子来看，朗姆似乎打算在这儿和希娜做个了断。

　　"所以，之前说好分给我的佣金呢？"希娜冷冷地说道，"你若不付我钱，我是不会善罢甘休的。"

　　朗姆彬彬有礼地低下了头："我当然会付钱的，小姑娘，你出色地扮演了幽灵的角色呀，另外……"

朗姆看向我，意味深长地说道："我也会付你钱的。我要把货物送到安全的地方，需要一艘速度快、能长距离航行的船，你的船就很不错，引擎的声音还小。"

"朗姆，事先声明，我可没有受雇于你。"

听我这么一说，希娜又在一旁插嘴道："是啊，他只是个凑热闹的家伙，用不着分给他钱。如果你需要运输货物，用我的船也可以呀。"

"也罢，关于这件事我们可以从长计议。"

朗姆用手摸了摸脸，脸上浮现出一丝笑容。

"说起来，机会难得，你们两位也一起来看看这宝箱里装了什么吧。"

那个金属箱子上挂着一把看起来很结实的锁，阿金蹲着摆弄了一会儿锁。

嘶……随着一声空气被放掉似的声音响起，箱盖啪的一声打开了，朗姆撕开了防水布的封条。

箱子里塞满了陶瓷玩偶，就是那种港口的特产店里随处可见的廉价品。

"什么啊，这是？"

希娜探头一看，惊讶地问。

"我们费了这么大的力气，就是为了拉这种东西上来？"

朗姆拿起一个玩偶，端详了一会儿，抓着玩偶用力往箱子边缘一磕。随着一声脆响，玩偶的头碎了。

然后，他将玩偶倒过来，只见有什么东西从玩偶的破损处掉落到他手心。朗姆像魔术师一样将手伸到我们面前展开，只见大颗的珍珠闪烁着奇异的光芒。

"是紫珍珠！"

希娜一把夺了过来，眼里闪闪发光。

"是真货啊，并且是品相最好的那种，这些玩偶里都藏有紫珍珠？这么多紫珍珠……"

希娜的目光从珍珠转移到了正微笑的朗姆身上。

"这是罗勒船长的货！我说得没错吧？"

朗姆只是耸了耸肩，没有说话。

"原来如此，是一年前的事吧。罗勒船长被抓进监狱后，他的货物也下落不明了。好多人费尽心机四处寻找，但怎么都找不到。想不到居然是在海底。当初举报罗勒船长、夺走货物的人就是你吧，阿金？"

"夺走？我希望你换个说法，应该说是我抓住了机会。"

"有什么区别。"希娜又把目光移回珍珠上，"算了。总之，这可是一批了不得的货物。真没想到啊，可以在这里得到罗勒船长丢失的宝物。你之前说过要分我一半的，对吧？"

"我确实说过。"

朗姆再次蹲到箱子前，意味深长地回答道。

"不过要等击退幽灵之后。"

"你这话是什么意思？"

希娜皱起了眉。

"就是这个意思啊。"

朗姆突然抬起了头。

我立刻飞身推开希娜，两人一起倒在了甲板上。与此同时，朗姆扣动了手中小型手枪的扳机，射出的子弹打到箱子盖上又弹开了。

"希娜！快逃！"

我飞奔到桅杆后面。紧随而来的两发子弹都打在了船的桅杆上。

"珊瑚郎，你这就不明智了！"

朗姆一边瞄准我，一边假模假式地说道。

"怎么样？事到如今，你还是不愿与我合作吗？只要把那个小姑娘解决掉，我们就可以平分宝物了。但是，倘若你敢妨碍我，我就先解决你。"

"请便。"

我拔出匕首，割断了手边的绳索，哗啦一声，原本只是充当装饰的破船帆落了下来。我用余光瞥见希娜抬起甲板上的一块木板，滑进了甲板下面。

万幸的是，朗姆手中是一支旧式手枪，只能装六发子弹，他可能以为仅凭六发子弹就能解决掉我们吧。

第六发子弹从我左耳边擦过，朗姆呸了呸嘴，跑到宝箱附近迅速给空枪装弹。但他没有机会打出第七发子弹，希娜突然从他后方的另一块木板下跳出来，猛地用拖布杆拼命砸向他的脑袋。

"珊瑚郎，这家伙怎么处理？"

希娜问我，顺势用鞋尖儿踢了踢躺在甲板上的朗姆。

"这么可恶的家伙，把他扔到大海里喂鱼怎么样？"

"把他拖回岛上吧，还能得到击退幽灵的赏金。"

我捡起朗姆的手枪，扔进了大海。

"你这话是什么意思？"希娜用她的蓝眼睛瞪着我，"你该不会是说，让我向大家坦白，我受这家伙委托，装神弄鬼？不仅如此，还拿走了大批违禁品？你以为这样我也能全身而退？你不是在开玩笑吧。"

她说的话也对，如果我们就这样将一切和盘托出，希娜很可能有大麻烦。

"总之，我会拿走属于我的那份，要不然我就太亏了。"希娜盯着箱子说道，"你呢？"

"我就是个看热闹的。"

"至少拿个演出费呀，陪他演了这出戏。"

"不必了。"

我跨过船舷，回到了马林号上。

"喂，到底该怎么办啊？你要一个人溜了吗？"

我身后响起了希娜的喊声。

"这不是你的工作吗？"我掉转船头，"剩下的事儿就拜托你处理吧。"

我将希娜和朗姆抛在身后，独自离开了塞托海。

马林号驶远前我看到的最后一幕是，幽灵船模模糊糊地消失在一片迷雾之中。

希娜是如何善后的，我就不得而知了。

几天后，我将马林号停靠在新月岛。当我在船附近钓鱼时，希娜的船开了过来，她的船已经不是幽灵船的模样了。

希娜丝毫没有放慢船速，径直从马林号旁边驶过，船身激起了大片浪花。就在她开到我身边时，她甩手扔过来一个黄色救生圈。

我捡起在波浪中晃个不停的救生圈，只见救生圈内侧牢牢地绑着一个细口瓶，原来是产自奏笛岛的上等野生葡萄酒。

我将钓上来的鱼烤上，然后拔下葡萄酒瓶的木塞，一股美妙的香气立刻扑鼻而来。我将酒倒入玻璃杯中，举起杯子对着天空看，只见它呈现出一种清澈透亮的蓝色。

我将杯中酒一饮而尽，隐约听到如呜呜的笛声一般的风声，不过或许那只是我的错觉吧。

国王的岛

那时，我也是一个人待在船上。

真是明媚且悠闲的南方海域啊，马林号仿佛也被这种明媚所吸引，不断前行。

我花了好几天时间才从雨伞诸岛的一座座小岛间穿行而过。大海每天都呈现不同的颜色，好似一颗颜色变幻的宝石，令人百看不厌。

云裹挟着温热的雨水匆匆从海面上飘过，带来了一阵绵密的雨。雨过天晴，阳光再次洒满了海面。马林号白天在粼粼波光中破浪前行，夜晚在璀璨的星光下安然入睡。这趟旅行可真是令人身心舒畅。

警报器尖锐的声音响起时，正是临近破晓时分。

我走出船舱，只见黑压压的岛影正向我逼来。

入睡前，我和往常一样，降下船帆，将马林号切换成了自动驾驶模式。这条航线非常安全，这一带也是风平浪静，按理说在这种地方不可能有岛忽然出现。

马林号不会因为小事发出警报，一旦发出警报，就说明情况紧急。

我试图解除自动驾驶模式。可奇怪的是，马林号一点儿反应也没有，我再次按下关闭按钮。

自动驾驶模式竟然无法解除！

马林号已经完全不受控制了，好像是被什么东西吸住了似的，摇摇晃晃地朝那座岛驶去。我来不及细想，迅速按下了应急按钮，尽管这种做法有些粗暴，但再不按就晚了。

刺——微弱的声音响起，我知道有部分电路已经被烧断

了。同时，船的掌控权也终于回到了我的手里。

我立即大幅度打舵，马林号倾斜着身子从岩石边缘擦了过去，改变了方向。

我总算得以喘息，仔细查看自动驾驶罗盘的显示屏。只见双层玻璃后面，蓝色和绿色的线像蜘蛛网一样密密麻麻地交织在一起，屏幕指示灯也不停闪烁着。

"喂，你这是怎么了？"

我问马林号。

不小心撞进磁雾时，船会出现这样的情况。但现在海面上晴空万里，船不可能受到雾的影响。

马林号装配的是适于长途旅行的最好的自动驾驶罗盘，它与船的引擎和警报器都能紧密配合，里面如植物的根系般复杂交错，若是出了故障会十分麻烦，不是换颗螺丝就能解决的问题。

我关掉了主控开关，屏幕上闪烁的指示灯熄灭了，微弱的杂音也消失了。万籁俱寂，耳畔只有海浪的声音。

不要依赖仪器。这是海龟号的船长旗鱼老爹曾经给我的忠告。

海猫船上的自动驾驶罗盘都制作精良，但一旦水手养成过于依赖罗盘的习惯，就太危险了。水手的感觉会变得迟钝，会读不懂海风和海浪中的讯息。微小的仪器故障就可能夺走水手的性命。

旗鱼老爹已经见过好几起这样的事故了，所以当我刚开始独自驾驶海猫船时，他就给我提了个醒。他说要相信船，但绝不能依赖船。

拥有马林号之后，我就用自己的方式严守旗鱼老爹的忠告。我故意不使用引擎和自动驾驶罗盘，还把警报器的灵敏度调到了最低，凭借自己的直觉开船。虽然有时也会吃点儿苦头，但我并没有放弃这些习惯。

也有人嘲笑我说，一艘没有自动驾驶罗盘的船，和废船有什么两样，压根称不上是海猫船。确实，我的做法看上去有些愚蠢，明明一天就能走完的路程，我却要花上三天。但是，我不在乎，即使没有这些先进的仪器，我依旧信任我的船，我的船也永远信任我。

对吧，马林号。

不管怎样，我等到天色放亮了，才向小岛靠近。岛上既没有港口，也不见建筑物。我发现了一处合适的海湾，便驾船靠了过去。

这处海湾其实是由凹凸不平的黑色岩石组成的悬崖，在海浪与风长年累月的作用之下，岩石上遍布小洞，宛如蜂巢。

我选择了一处安全的地方抛锚停船，不经意间仰头一看，发现在远一些的悬崖上，有个人一动不动地站在那里。

拿过望远镜一看，我不禁哑然失笑。因为对方也在通过望远镜好奇地观察着我。

站在那里的是一位瘦削的老人。他拄着拐杖，肩上斜挎着一个袋子似的东西，穿了一件由各色破布胡乱拼接成的衣服，长长的衣服下摆啪嗒啪嗒地随风飘动。

我向他挥手致意，老人却没有回应。他把望远镜收进袋子里，便转身消失了。我又看了一会儿，再没有其他人出现。

算了，不管怎样，至少这里不是无人岛。就算修不好自动驾驶罗盘，只要有人在，我至少能问出小岛的名称和大概位置。

我正准备下船时，注意到脚边有个奇怪的东西。

是一只海星。它个头硕大，红蓝相间，看起来是有毒的品种，不知什么时候吸在了甲板上。我在海猫岛从没见过这样的海星。

我环顾四周，发现海星不止一只。不远处有两只海星正窸窸窣窣地打算翻越船舷。不，还有更多……

我望向大海，随即被眼前的景象吓了一跳。在吃水线附近，这种海星正成群结队、争先恐后地往船上贴，看起来不止一两百只，并且后面的海星还在一波接一波地往前涌。

我转身一看，发现最初看到的那只海星已经爬到了船舱门口，它的速度比看上去快得多。

我关上舱门，抓住了那只海星。它表面黏腻，摸起来令人浑身不舒服，吸力很大，紧紧地吸在甲板上，很难取下来。

"你这家伙！"

就在我用尽全力将它扯下来的一瞬间，有蓝色的火花打在我的手指上，一种触电般的刺痛感随之袭来。

我将粘在手上的海星甩到甲板上，那家伙摔得仰面朝天，五条腕扭来扭去。但它很快便灵巧地翻过身，又开始窸窸窣窣地蠕动起来。

是电海星。我之前听说过，但亲眼见到还是第一次，原来就是这些家伙让自动驾驶罗盘失灵的。

我又试着去抓另一只，结果还是一样，根本没办法徒手对付它们。于是，我找来一块板子，将吸在船上的海星都铲了下来，扔进海里。除此之外也没有别的办法了。

但船上海星的数量却不见减少，之前掉下去的家伙不停地又爬了上来，我束手无策。

我不想再做这种无用功，便停了手，看着几乎被海星占领的马林号。

尽管紧闭的船舱还没被海星入侵，但其他地方都已经被它们占领了。有几只海星甚至爬上了桅杆，不停地蠕动着，爬行的声音此起彼伏。

不知不觉间，甲板上已经没有可以站立的地方了。代表着毒性猛烈的红色和蓝色时而重叠，时而互相追赶，海星群在缓缓移动，看得我头昏脑涨。

这些家伙到底有什么目的？它们要把船怎么样？

我重新拿起木板，试着逐一拍打甲板上的海星，然而它们只是噼里啪啦地迸发出蓝色火花，我的做法并没什么效果。

"喂……喂！"

此时，岸上传来了喊声。我回头一看，发现刚才站在悬崖上的老人正拄着拐杖朝这边走来。

老人迈着蹒跚的步子，踩着岩石走向马林号，居然很快就到了马林号跟前。他喘着粗气将肩上的袋子放下，从里面拿出一个奇怪的工具。

"用这个。"

老人朝我挥了挥手里的工具，看起来很得意。

那个工具看上去就像一个巨型注射器，金属管的一端安装着一个粗大的黑色握把，另一端连接着一根细管。

老人将工具对准了吸在船上的海星群，抓着握把，咔咔地按了几下。细管喷出了黄色的水雾，被水雾喷到的海星身体猛地一缩，纷纷掉落下来。老人抬头看向我，那表情似乎在说：瞧我厉害吧。

"能把这个工具借我用用吗？"

听到我的话，老人点了点头，把工具扔到了船上。作为这个年纪的老人，他这一扔力道十足。

这个工具是由水管、吸气筒、伞把等乱七八糟的零件组装而成的。黄色的水雾气味浓烈，有些刺鼻。海星虽然没死，但似乎无法忍受这股气味，瞬间就掉了下去。当海星被喷得掉落一半时，那些没被水雾喷到的海星纷纷开始逃窜。

海星们很快就不见了，就像它们出现时一样突然。最终，船上原本密密麻麻的海星一只也看不到了。

我走下船，看见老人依旧站在那里。我们目光相遇时，

他冲我点了点头，微微一笑。

"多亏您了，真是帮了大忙。"

我将工具还给老人，向他道谢。

"这是我第一次遇到电海星。那喷出的水雾究竟是什么？"

老人在袋子里翻找了一番，然后拿出一根形状像枯树根的东西给我看。

"是硫黄山葵。"

老人回答道。他声音沙哑，仿佛被海风吹锈了一般。

"我尝试过很多工具，用这个对付电海星最有效。将硫黄山葵晒干、磨成粉后，朝着海星一撒，它们一时半会儿就不敢靠近了。"

老人脚下还有几只海星在颤颤巍巍地蠕动，他用拐杖把它们掀到了海里，然后伸了个懒腰，望向我的船。

"这是海猫船吧？我很久没见到这种靠太阳能电池供电的船了。"

老人眯着眼问道。他似乎被阳光晃得有些睁不开眼。

"你是海猫族的商人吗？"

"我看起来像吗？"

"不像，你的眼神怎么看都不像商人。"老人朗声大笑，"而且，商人根本不会来这种小岛。你看，这里贫瘠荒芜，什么都没有。要说特产的话，应该就只有海星了。"

"还有硫黄山葵啊，这可是了不得的特产。"我也笑着回应，"我的自动驾驶罗盘被海星弄得没法用了，所以目前我找不到航线，能让我在岛上暂住两三天吗？"

"好啊，这不是问题。你需要食物和水吗？"

"不用了，非常感谢，目前我的食物和水还很充足。"

"哦，那就好，那就好。"

老人再没说别的，转过身，步履蹒跚地拄着拐杖走了。

这座岛名叫海星岛，至少老人是这么告诉我的。但我在航海图上没有看到它，可能是他老人家随意取的名字。我推测这座岛很可能是雨伞诸岛西端的小岛之一。

我的清扫工作一直持续到黄昏时分。

海星爬过的地方会留下黏糊糊的银线，满船都是它们留下的痕迹。不仅如此，这种痕迹还散发出一股像烧焦了的橡胶似的臭味，这味道与刺鼻的硫黄山葵的气味混在一起，甚至都渗进了密闭的船舱里。我只能认认真真地将痕迹统统擦掉，再用水冲干净。

老人时不时会拄着拐杖过来。他会站在离我有点儿距离的地方，默默地看着我忙东忙西。但他似乎并不是防备我，也不是对我的工作格外感兴趣，他好像只是例行公事一般进行巡视。

因为老人每次过来都不说话，我便不刻意与他搭腔。在我的清扫工作总算完成的时候，老人又过来了，这次他开口邀请我和他一起吃晚饭。

老人住在附近悬崖上的一处岩洞里。岩洞乍一看不显眼，但里边空间很大，坚实牢固，风雨不透。岩洞正对着一片干爽的白色沙滩，洞口上方突出的岩石正好可以充当屋檐。老人就在"屋檐"下搭起炉灶，在灶上面架了一口黑褐色的锅。

岩洞没有门，取而代之的是一块厚重的木板。内壁的凹坑里摆放着罐子、藤编的篮子和少量餐具。洞里光线很暗，许多东西随意地堆放在一起，不知道这些东西有没有用。再往里走，洞顶一下子变得很低，一张旧帆布从洞顶耷拉下来，这里好像是他睡觉的地方。

"真不错啊。"

我对老人说。

"哈哈，随遇而安啦。"

老人蹲在火堆旁，麻利地打开锅盖，搅拌着里面的食物，白色的热气缓缓升起，燃烧的柴火发出噼里啪啦的声音。

"请用，虽然算不上什么大餐。"

老人将锅里的食物倒进一个边缘缺了个口的碗里，装得满满当当的。

我接过碗，里面是由许多不同的鱼做成的杂鱼乱炖。鱼有粉色的，有蓝色的，都是些色彩艳丽的南方鱼。虽然饭菜看上去有些油，但味道很好。老人还端出一些煮好的带壳扇贝和虾。

我也从船上拿来一瓶椰子酒。这酒我已经不记得是从何处买的，一直被我放在船上。我把酒递给老人时，他高兴得开怀大笑，发出爽朗的笑声。

"是好酒啊。在这座小岛上，我平时最多也只能酿点儿山芋酒喝。那我就不客气了。"

老人即刻拔下瓶塞，颤颤巍巍地将酒倒进小罐里，轻轻地嘬了一小口，然后闭上眼睛细细品尝。

"真是极品啊，这可是上等的南羽岛酒啊，大概有十二年了，嗯……不错，真不错。"

美酒入肚，老人变得异常兴奋。

"您一个人住在这座岛上吗？"

我问道。

"啊，是啊，我已经独居很多年了。但一个人也有一个人的好处，你看我多自在。"

老人佝偻着背，手法娴熟地将虾剥开，放进嘴里。

"你看，我既会钓鱼，也会捞贝。至于饮用水嘛，储存的雨水也够我一个人用了。偶尔也会像今天这样，有客人到访。不过，说麻烦也确实有麻烦，一下雨，海星就会爬到这儿来。但习惯了它们的存在后，我觉得它们也挺可爱的。"

老人随手将剥下的虾壳扔到岩洞外的草丛里。

"对了，你的船怎么样了？"

老人冲着海岸的方向扬扬下巴问道。

"仪器还是坏的，不过可以开。"

听到我的回答，老人嗯嗯地回应我，点了点头。

"都说海猫船的自动驾驶罗盘性能极佳，原来也会出故障啊，抗电磁干扰能力不强。看来你们得好好想想驱除海星的方法。"

"老人家，您之前也是水手吗？"

我问出了一直想问的问题。

"我啊？不，不。"

老人挥手否认。

"可我总感觉你对船很了解呀。"

"没有的事，我只知道点儿皮毛而已。之前我在雨伞岛时，偶尔会有海猫船过来，船上载着精美的珊瑚工艺品。哎，不过，这都是很久以前的事了，不知道现在那里怎么样了。"

"雨伞岛吗？我来时恰巧从那里路过，它是一座很美丽的小岛。"

我回答道。

只是路过而已，我并没有登岛。因为雨伞岛港口的安保措施很严格，我不愿意将行李都拿出来让别人一一翻看。

"您是从雨伞岛来到这里的吗？"

"嗯，那是我出生和长大的地方。"

老人倒了些椰子酒，慢慢送到嘴边。我抓了一把干枯的海草扔进火里，让火更旺些。伴随着刺啦啦的燃烧声，青蓝色的火花四溅。

老人沉默了一会儿，突然好像又想起什么似的，继续说道："以前，我是那里的国王。"

"国王？"

"是啊。"

老人严肃地点了点头。

"我是雨伞岛的第三十八代国王。"

说实话，当时我觉得他是在开玩笑。

当然，我也没见过真正的国王。只是听说，很久以前，雨伞岛的国王就统治着这一带的小岛，即使到现在国王依旧拥有很大的权力。可我对国王、权力这样的话题并不感兴趣，更何况在这种地方，他又是一位衣衫褴褛的老人。

"这还真是出人意料啊。"我顺着他的话往下接，"可您为什么放弃了王位呢？"

"因为国王的日子太无趣了呀。"

老人咔咔地笑着，将手中的酒一饮而尽，接着讲起了他的故事。

老人——不，还是先叫他国王吧。

这位国王原是雨伞岛王室的六王子，也是最小的王子。

作为王子，自然是身份贵重，但因为他已经是第六个王子了，所以父母不怎么在意他。王位历来都是由长子继承的，最小的王子可以说是即位无望。

不过，也正是这个缘故，身为小王子的他可以自由自在地成长。他经常和仆人的孩子一起玩耍，在巨大的城堡里追逐奔跑，在庭院里爬树，去池塘里钓鱼。他的饮食起居全都由仆人照料，只有在一年几次的庆典活动上才有机会见到自己的父母。

有一天，在为王子们准备晚餐时，城堡的厨师将外地商人带来的罕见蘑菇做成了一道菜。无人心怀恶意，只是大家不知道这世间有毒蘑菇。

小王子的五个兄长就这样全都中毒身亡了，小王子当时的情况也很危险，但总算保住了性命。此次事件过后，悠闲长大的小王子成了唯一的王位继承人。

一切从那天起就不一样了。小王子自那以后就再也没有爬过树，再也没有钓过鱼。因为他是王位继承人，万一从树上摔下来或在池塘中溺水，可就大事不妙了。他甚至还被禁止和仆人的孩子说话，好几名家庭教师从早到晚地围着他转，几乎寸步不离，竭尽全力地给他灌输各种知识。更糟糕的是，他还要学一大堆刻板的礼节。

终于，小王子长大了，他从年迈的父亲那里继承了王位。手握重权，年轻的国王忍不住想要立刻体验一下权力的力量。他已经成为岛上最威严的国王了，没有人敢忤逆他。

初登王座的国王下令将城墙都涂成蓝色和粉红色，城墙

立刻就变了样。他下令让鲸鱼在庭院的池塘里畅游，鲸鱼也出现在池塘里。哪个臣子若敢违背他的旨意，就会被撤职。国王在海上准备了一艘豪华大船，几乎每天都在船上举行派对，夜夜笙歌。他随心所欲地挥霍着金银财宝。如果城堡的金库空了，他就增加民众的赋税。

这一切都是国王的自由，没人敢有一句怨言。不，怨言是有的，只是传不到国王的耳朵里。有一次，一位年迈的大臣实在看不下去了，就向国王进谏，结果国王当天就下令把这位大臣流放到其他小岛。

这样的日子持续了一年，突然有一天，国王厌倦了。

但他已经变成了孤家寡人。周围人都畏惧他，轻易不敢与他交谈。就连偶尔从其他岛过来的商人见了他也只是行个礼，说些客套话。国王身边没有一个人可以真正与他交流，他就像被关进了一间牢笼，一间奢华无比的牢笼。

国王停止了发号施令，也不再举办奢华的宴会，将政务都交给大臣们处理，自己每天什么也不做，混沌度日。在小岛的庆典仪式上，他头戴金冠站在城堡的阳台上，向他的子民们挥手。国王就这样从人们畏惧的对象变成了和蔼亲民的国王，不过似乎也有人不太把他当回事儿了。

正如百川终归海，一切都在既定轨道上行进着。国王迎娶了美丽的王后，他们还生下了可爱的王子和公主。多亏了国王身边的贤臣，整座小岛富足且和平。只有国王自己感到生活寡淡无趣。

"我实在太无聊了。"某天，国王对王后说。

"我总觉得生活里少了点儿什么，但我又说不上来到底是什么。"

"是不是肚子饿了？"王后问道。

这位王后心思简单，不会想太多。

"还是因为你早晨总睡懒觉，不好好吃早餐吧。"

"不、不，不是这个原因。"

国王想说点儿什么，但又不知道该从何说起。王后虽然不理解国王此刻的心情，但还是试图安慰他。

"要不要去钓鱼？就当散心了。"

"钓鱼吗？"国王茫然地应答。

"嗯，说不定会感觉很不错呢。"

于是，国王吩咐仆人，立刻帮他准备钓鱼用具。

国王坐着金光闪闪的帆船出海垂钓。钓鱼点都是仆人事先调查过的地方。一位仆人将鱼饵拌在鱼钩上，第二位仆人将鱼竿递到国王手中。鱼上钩后，第三位仆人将鱼从鱼钩上取下来。返回城堡后，没过一会儿，厨师就将鱼烹饪成了美味佳肴，所有人都称赞国王钓鱼技术高超。

国王边吃鱼边想，钓鱼，原本就是这么一回事吗？他明明记得小时候，钓鱼是件趣味无穷、令人兴奋不已的事……

就这样，国王心中缺失的部分依旧没有填补上。望着奔流不息的海水，国王想：海水会流向哪里去呢？我似乎拥有岛上的一切，可到头来一切不正如这海水般流逝，最终什么都不会留下吗？

一个深夜，国王独自一人出门，悄悄去了码头。那里停着一艘带有皇家徽章的金色帆船。国王乘着帆船离开了。

"就这样，我逃离了那座岛。"

说完，老人冲我和蔼地微笑着，火马上就要燃尽了。

"不管怎样，我总算上了船，但我对驾船一窍不通。三天后，我终于漂到了这座岛。从那以后，我就一直待在这里。嗯，我已经不打算再回到城堡了。"

老人将酒瓶倒过来摇了摇，里面已经一滴不剩了。

"没有人从雨伞岛过来找您吗？"

我问道。

"只来过两次，但他们一无所获，雨伞岛的人可能以为我早就死了吧，毕竟他们打捞上来的帆船已经散了架，而且我还有很多地方可以藏身。这个岩洞比看上去深很多，我带你进去看看吧。"

老人费力地站起身，趔趄了一下。

"老人家，小心。"

我连忙扶稳老人。

"哎呀呀，真不好意思。"

老人目光迷离，笑着靠到我肩上。

"你要不要来这座岛生活呀？等我死了，可以把王位传给你。我可不是开玩笑的啊。"

我扶着醉醺醺的老人回到岩洞里他睡觉的地方。

"哎呀，对不住，对不住了。好久没喝到这么好的酒了，一不小心就喝多了，我也真是老了啊。"

老人躺在破被旁边，絮絮叨叨地重复着此类的话，很快就睡着了。

床铺旁的架子上放着一根蜡烛，似乎是用鱼油制成的。我用火堆燃剩的火苗点燃了蜡烛，举着它朝岩洞更深处走去。

里面很窄，洞顶低到几乎要碰到我的脑袋，再往前走一点儿，是急转而下的石阶，下面一片漆黑。

借着蜡烛的微光，我走下凹凸不平的石阶。

下方传来滴滴答答的水声，我能感觉到微弱的空气流动，这个岩洞似乎是通向大海的。

我继续往下走，一直走到脚下感觉湿漉漉的地方。我举起蜡烛照亮了脚下。在摇曳的烛光下，我看见了电海星，大约有几百只，密密麻麻地漂浮在水面上。

但和之前爬到我船上的那群家伙不同，这群海星出奇安静，我只能听到海浪拍打岩壁的声音，它们似乎在这个隐蔽的地方安心睡觉呢。

我站在原地看了一会儿，然后又爬上石阶原路返回。

老人打着呼噜，睡得正香，看上去非常舒服。

我举起蜡烛，仔细端详起那块充当帘子的旧帆布，黑暗中隐约能看到帆布中间有个金色的装饰图案。

这个图案我有印象，和雨伞岛港口飘扬的国旗上的图案一模一样。

第二天一早，我正给马林号挂帆时，老人拄着拐杖步履蹒跚地走了过来。

"要走了？"

他一只手放在腰间，睡眼惺忪地问道。

"是啊，我要离开了。"我回答道，"正好今天顺风，我要回海猫岛去了，我给您留了点儿食物。"

"谢谢你啊。"

老人看着我放在岩石上的东西，露出了愉快的表情。

"你下次再过来啊，晚饭管够，别忘了再给我带瓶酒就行。"

"下次再途经这里时，我会想着的。"

"呵呵呵，要是你想不起的话，我就让电海星给你带路。"

老人的脸上浮现出孩童一般顽皮的表情。

"当然前提是你的船上没安海星驱逐器。"

"那些电海星会听您的吗？"

"那当然。"

老人得意地挺直了背："当然得听我的话了，我可是这座岛的国王啊。"

老人开心地笑了起来。

我启动了马林号。船开了一阵子后，我回头一望，还能看见悬崖上老人拿着望远镜远眺的身影。我挥了挥手，老人也朝我挥了挥手。渐渐地，他的身影变成一个小点，最后消失不见。在老人的身影消失在我的视野之前，他一直站在那里朝我挥着手。

他的样子，简直就像头戴金冠站在城堡阳台上挥手示意的国王一样，庄重且威严。

老人真的是从雨伞岛逃出来的国王吗？还是一个只会吹牛的老头子呢？我不得而知。

说不定他只是因为一个人长期住在荒无人烟的小岛上有点儿寂寞，偶然逮到像我这样迷路的水手，便抓住机会吹吹牛，并以此为乐呢。

我在岩洞里发现了从各种船上搜集来的破烂，其中还有日期不太久远的报纸。这样看来，小岛时不时地会有客人到访。

有一点是肯定的。

不论老人是不是雨伞岛的国王，他毫无疑问是海星岛的国王。

虽然他衣衫褴褛，身边也没有一位臣子，但是他拥有海星岛国王该拥有的一切。而且，他丝毫不会感到无聊，这一点最重要。

我这样想着。

Kuroneko Sangorô Tabi no Tsuzuki 4 – Kin no Nami, Gin no Kaze

Text copyright © 1996 by Fumiko Takeshita

Illustrations copyright © 1996 by Mamoru Suzuki

First published in Japan in 1996 by KAISEI-SHA Publishing Co., Ltd., Tokyo

Simplified Chinese translation rights arranged with KAISEI-SHA Publishing Co., Ltd.

through Japan Foreign-Rights Centre/Bardon Chinese Creative Agency Limited

Simplified Chinese translation copyright © 2024 by Beijing Science and Technology Publishing Co., Ltd.

著作权合同登记号　图字：01-2024-0914

图书在版编目（CIP）数据

金色的浪，银色的风 / (日) 竹下文子著；(日) 铃木守绘；王俊天译. —北京：北京科学技术出版社，2024.5

（海猫的旅程 ；9）

ISBN 978-7-5714-3814-2

Ⅰ. ①金… Ⅱ. ①竹… ②铃… ③王… Ⅲ. ①儿童小说－长篇小说－日本－现代 Ⅳ. ① I313.84

中国国家版本馆 CIP 数据核字 (2024) 第 068281 号

策划编辑：石　婧　　韩贞烈	电　　话：0086-10-66135495（总编室）		
责任编辑：张　芳	0086-10-66113227（发行部）		
责任校对：贾　荣	网　　址：www.bkydw.cn		
图文制作：沈学成　　杨严严	印　　刷：北京盛通印刷股份有限公司		
责任印制：吕　越	开　　本：880 mm×1230 mm　1/32		
出 版 人：曾庆宇	字　　数：53 千字		
出版发行：北京科学技术出版社	印　　张：3.75		
社　　址：北京西直门南大街 16 号	版　　次：2024 年 5 月第 1 版		
邮政编码：100035	印　　次：2024 年 5 月第 1 次印刷		
ISBN 978-7-5714-3814-2			
定　　价：35.00 元			

竹下文子

作品《最接近月亮的夜晚》获日本童话会奖，《星星和小号》获第十七届野间儿童文艺推荐作品奖，《路路的草帽》获日本绘本奖，"海猫的旅程"系列获路旁之石文学奖。其他作品有《叮咚！公共汽车》《加油！警车》等。

铃木守

日本著名画家、鸟巢研究专家。1952年生于日本东京，曾就读于东京艺术大学。作品"海猫的旅程"系列获红鸟插画奖，《山居鸟日记》获讲谈社出版文化绘本奖。其他作品有《向前看 侧过来 向后看》《咚咚！搭积木》以及"汽车嘟嘟嘟"系列等。